d

Friedrich Karl Waechter

Der Anti-Struwwelpeter

oder
listige Geschichten
und knallige Bilder

Diogenes

Der Anti-Struwwelpeter erschien erstmals 1970
im Melzer Verlag, Darmstadt.
Für diese Neuausgabe
wurden alle Bilder nach den Originalen neu lithographiert,
und den Struwwelpeter auf dem Umschlag
hat Friedrich Karl Waechter
neu gezeichnet.

80/90/6/1
ISBN 3 257 00717 5

Wenn die Kinder artig sind,
kommt zu ihnen das Christkind;
wenn sie alles in sich fressen,
Spiel' und Späße fast vergessen,
wenn sie, ohne Lärm zu machen,
still sind bei den Siebensachen,
beim Spaziergehn auf den Gassen
stur und brav sich führen lassen,
dann passiert es nur zu leicht,
daß der Unsinn niemals weicht:

70 Jahre und noch länger
sind sie bange und noch bänger
vor Polente, Nachbarsfrau,
Gottes Thron und Kohlenklau.
Von den hochgestellten Leuten
lassen sie sich willig beuten.
Darum sei nicht fromm und brav
wie ein angepflocktes Schaf,
sondern wie die klugen Kinder
froh und frei. Das ist gesünder.

Der Struwwelpeter

Sieh einmal, hier steht er,
pfui, der Struwwelpeter,
schneiden ließ er nicht sein Haar
nun schon fast ein ganzes Jahr.
»Pfui«, ruft da manch Blöder:
»Garstger Struwwelpeter.«
Blöde gibt es viele
am Rhein und auch am Nile.

Die Geschichte vom braven Ordnungsmann

Am Morgen zieht der Ordnungsmann
sein grasgrün neues Röcklein an,
nimmt Helm und Stiefel wie den Stock
und läuft um seinen Häuserblock.
Er trägt die Brille auf der Nasen
und blicket streng zu jenem Rasen,
auf dem es oftmals ein Gewühle
von Knaben gibt beim Fußballspiele,
obwohl ein weißgetünchtes Schild
nur Sonnenbaden dort empfiehlt.
Zufrieden kann er jetzt erblicken,
wie sie schon wieder mal beim Kicken.
Hei! hört den braven Ordnungsmann,
wie markig er da brüllen kann.

»Wie schön du sowas sagen kannst
in deinem zuckergrünen Wams!
Ach, Grüner, komm wir laden
dich ein zum Sonnenbaden.«
Im Nu sind alle Knaben nackt
und haben sich fest eingehakt
und tanzen um den Grünen
wie Wellen um die Dünen.
Der brave grüne Ordnungsmann
schreit immer wieder: »Hosen an!«
Die Knaben aber schreien munter:
»Hosen runter, Hosen runter«.

»Was ist das für ein Sonnenbad
bei dem man grüne Hosen hat.
Zeig deinen Ordnungspimmel
doch auch einmal dem Himmel.«

Das war dem grünen Mann zu viel,
weshalb er gleich in Ohnmacht fiel.
Da liegt er nun im Grase
und hat 'ne bleiche Nase.

Die Geschichte von Paulinchen und den Mohrenbuben

Paulinchen war allein zu Haus,
die Eltern waren beide aus.
Als sie nun durch das Zimmer sprang
mit leichtem Mut und Sing und Sang,
da sah sie plötzlich vor sich stehn
drei Mohren, freundlich anzusehn.
»Ei«, sprach sie, »ei, wie schön und fein,
ich möcht wohl eure Freundin sein.«

Und Minz und Maunz, die Katzen,
erheben ihre Tatzen.
Sie drohen mit den Pfoten:
»Der Vater hat's verboten!
Mio! Miau! Mio! Miau!
du weißt doch, Vater macht Radau.«

Paulinchen hört die Katzen nicht,
weil einer von den Mohren spricht:
»Ach, wärn wir doch so weiß wie du,
dann könnten wir wohl immerzu
mit dir zusammen spielen
auf Teppich, Bett und Stühlen.«

Doch Minz und Maunz, die Katzen,
erheben ihre Tatzen.
Sie drohen mit den Pfoten:
»Die Mutter hat's verboten!
Mio! Miau! Mio! Miau!
niemals einem Mohren trau!«

Paulinchen und die Mohrenbuben,
die laufen lachend durch die Stuben.
»Wenn man uns sonst nicht spielen läßt,
dann machen wir ein Kinderfest,
sobald die Eltern aus dem Haus,
und werfen beide Katzen raus.«

Und Minz und Maunz, die schreien
gar jämmerlich zu zweien
und drohen mit den Tatzen
und schimpfen wie die Spatzen:
»Miau! Mio! Miau! Mio!
bald kriegt Paulinchen auf den Po.«

Und als der Vater kommt nach Haus,
da sieht er wild und böse aus
und packt Paulinchen bei dem Kopf,
steckt sie in einen Tintentopf,
tunkt sie hinein bis an die Ohren,
daß sie so schwarz wird wie die Mohren.

Paulinchen aber freut sich sehr
und springt durchs Zimmer kreuz und qu
»Weil ich jetzt wie die Mohren bin,
lauf ich zu meinen Freunden hin.«
Sie tat's und hat es nie bereut.
Die Mohren haben sich gefreut.

Die Eltern aber sind verstört
und über diese Tat empört,
und ihre Tränen fließen
wie's Bächlein auf der Wiesen.

Die Geschichte vom Suppenkaspar

Der Kaspar, der war kerngesund,
ein strammer Bub von 40 Pfund.
Er hatte Backen rot und frisch,
die Suppe aß er gern bei Tisch.
Doch einmal fing er an zu schrein:
»Ich mag die Suppe nicht mehr, nein!
Ich esse diese Suppe nicht,
denn diese Suppe schmeckt mir nicht.
Viel besser schmeckt mir dieses Brot.«
Der Vater wird am Kopfe rot.
Er schreit: »Als ich im Kriege war,
gab's Rübensuppe fast ein Jahr.
Du wirst die Suppe essen,
ich werd mich sonst vergessen.«
Der Kaspar schaut ihm ins Gesicht
und sagt: »Ich eß die Suppe nicht.«
Da wird der Vater böse
und macht ein groß Getöse.
Er will den Kaspar zwingen,
die Suppe zu verschlingen.

Er rüttelt an ihm gar zu wild,
Ihr seht es oben auf dem Bild,
bis daß er selbst nach vorne fällt.
Da gibt es nichts mehr, was ihn hält.

Auch das Tischtuch kommt ins Gleiten,
mit ihm alle Herrlichkeiten,

Teller, Flasche, Schüssel, Brot.
Vater ist in großer Not,

und die Mutter blicket stumm
auf dem leeren Tisch herum.

Die Geschichte von den Daumenlutschern

»Konrad«, sprach die Frau Mama,
»ich geh aus, und du bleibst da.
Sei hübsch ordentlich und fromm,
bis nach Haus ich wiederkomm.
Und vor allem, Konrad hör!
lutsche nicht am Daumen mehr;
denn der Schneider mit der Scher
kommt sonst ganz geschwind daher,
und die Daumen schneidet er
ab, als ob Papier es wär.«
Konrads Mütterlein entschreitet.
Über Hintertreppen leitet
Konrad seine Freundesschar
bis zu Mutterns Hausaltar.

Jeder läßt sich nieder und
wupp! den Daumen in den Mund.
Später sind's die Zigaretten,
sind's die Freuden in den Betten,
doch die kleinen Mädchen, Knaben
wollen sich am Daumen laben.

Bauz! Da geht die Türe auf,
und herein in schnellem Lauf
springt der Schneider mit der Schere.
Sieh! er rutscht und fällt ins Leere
über ein paar Schinkengrieben,
die mit Seife eingerieben,
schlägt er nun der Länge lang
gegen Mutterns Ofenbank.

Eh der Schneider von dem Schreck
sich erholt und aufgereckt,

hat er keine Hosen mehr,
und ihm fehlt die Schneiderscher.

Als die Mutter kommt nach Haus,
sieht der Schneider traurig aus.

Ohne Hosen steht er dort,
die sind alle beide fort.

Die Geschichte vom Friederich

Der Friederich, der Friederich,
das ist ein arger Wüterich.
Er fängt die Fliegen in dem Haus
und reißt ihnen die Flügel aus.
Er schlägt die Stühl' und Vögel tot,
die Katzen leiden große Not.
Da, mit der Peitsche in der Hand,
kommt Friedrichs Vater angerannt,
er schlägt den Knaben gar so sehr
und schreit und schlägt ihn immer mehr

und sperrt den Friedrich obendrein
in einen dunklen Keller ein,
und flucht andauernd: »Sauerei,
dir bring ich noch Manieren bei.«
Plötzlich hört er ein Geträller,
welches deutlich aus dem Keller
bis zu ihm nach oben schallt,
und das macht ihm heiß und kalt.

Also hastet er geschwind
in den Keller zu dem Kind.

Wie er nun im Keller steht,
merkt er – allerdings zu spät –,
daß der Vers, den man ihm singt,
durch das Kellerfenster dringt.
Ein paar Kinder stehn davor:
Hans, Paulinchen, Max, der Mohr.
Friedrich aber springt im Nu
durch die Tür und schlägt sie zu,
hastig läuft er aus dem Haus
und sieht bleich und ängstlich aus,
doch Paulinchen kommt gerannt,
nimmt den Friedrich bei der Hand.
»Los«, ruft Max, »wir helfen dir«,
und so gehn sie alle vier
dorthin, wo man überlegt,
aber keine Kinder schlägt.

Die Geschichte von den Protzekindern

Die Grete, Hans und Friederich,
der Robert, Philipp, Ludewig,
die spieln so schön im Sonnenschein,
doch plötzlich hört man Robert schrein:
»Ihr könnt ja keine Grätsche!
Ätsche, ätsche, bätsche!«

Die andern Kinder ärgern sich,
da meldet sich der Friederich:
»Ich hab hier eine Peitsche,
und ihr nicht, eitsche, beitsche!«

Das läßt dem Philipp keine Ruh,
er zeigt auf seine roten Schuh
und sagt zum Hans: »Du Wicht,
solch rote hast du nicht.«

Der Hans holt eine Zwetsche vor
und schreit dem Ludewig ins Ohr:
»Dies hier ist meine Zwetsche!
Ätsche, ätsche, bätsche!«

Der Ludewig ist auch nicht faul,
er zeigt auf seinen Steckengaul
und ruft: »Du armes Gretche
hast keinen, ätche, bätche!«
Doch Gretchen faßt sich an die Stirn
und sagt: »Ihr habt wohl gar kein Hirn.
Ihr seid ja wie erwachsne Leute,
die immer protzen, daß sie heute
den Garten noch gepflegter haben
als Nachbars. Oh, ihr dummen Knaben,
wir sollten doch zusammenhalten
und uns nicht zanken wie die Alten.«
Da wird es allen Knaben klar,
was Grete sagt, ist wirklich wahr.
So lassen sie das Protzen sein
und spieln so schön im Sonnenschein.

Die Geschichte vom fliegenden Robert

Mit dem Schirme in der Hand

fliegt der Robert übers Land,

fliegt im Bogen übern Main,

fliegt bis in das Fenster rein,

freut sich wie ein Teddybär,
und der Vater staunt so sehr:

»Das ist eine Große Kunst!
Sowas macht man nicht umsunst!«

Und so fahrn sie um die Welt,
und der Robert fliegt für Geld,
und das Geld wird immer mehr,
und den Vater freut das sehr.

Doch der alte Spaß am Fliegen,
der ist nicht mehr herzukriegen,
bald hat Robert alles satt,
weil er keine Freunde hat.

Doch in einer finstern Nacht
hat er sich davongemacht,
fliegt er übers große Meer
mit zwei Brötchen zum Verzehr
bis nach Hause zu Mama,
und die Freunde schrein: »Hurra!«
Später sagt der Vater: »Ach,
Robert macht mich wirklich schwach.
Fliegend Geld verdienen, das
ist doch wohl der größte Spaß!«

Doch der Robert sagt: »So so.
Mich macht nun mal was andres froh.
Zum Beispiel so ein Flug zu zweit
schenkt eine Menge Fröhlichkeit.«

Friedrich Karl Waechter, geboren am 3. November 1937 in Danzig, ausgebildet als Grafiker in Hamburg und Freiburg. Ab 1962 Mitarbeiter bei Zeitschriften wie ›Pardon‹, ›Konkret‹ und ›Twen‹. Sein erstes Buch mit dem bescheidenen Titel *Ich bin der Größte* erschien 1966; es folgten unter anderen *Der Anti-Struwwelpeter,* 1970, *Brülle ich zum Fenster raus,* 1973, *Wir können noch viel zusammen machen,* 1973, *3 Wandgeschichten,* 1974, *Das Ungeheuerspiel,* 1975, und *Opa Huckes Mitmachkabinett,* 1976. Seit 1974 macht Waechter auch Filme und Theaterstücke für Kinder.

Im Diogenes Verlag erschienen außer den (auch für Erwachsene sehr geeigneten) Kinderbilderbüchern *Die Bauern im Brunnen* (1978), *Kiebich und Dutz* (1979), *Die Reise* (1980) und *Der Anti-Struwwelpeter* (1982) die (auch für Kinder sehr geeigneten) Erwachsenenbilderbücher *Wahrscheinlich guckt wieder kein Schwein* (1978), *Es lebe die Freihei* (1981), *Männer auf verlorenem Posten* (1983), *Nur den Kopf nicht hängen lassen* (1984), *Glückliche Stunde* (1986) und das Märchen *Die Mondtücher* (1988).

F. K. Waechter ist Mitarbeiter am endgültigen Satiremagazin ›Titanic‹, er zeichnet auch fürs ›Zeit-Magazin‹ und fürs ›Tintenfaß‹.

Friedrich Karl Waechter im Diogenes Verlag

Bilderbücher für Kinder (und Erwachsene):

Die Mondtücher
Ein Märchen

Die Bauern im Brunnen
kinder-detebe 25054

Kiebich und Dutz
Das Buch zum Stück

Die Reise
Eine schrecklich schöne Bildergeschichte

Der Anti-Struwwelpeter
kinder-detebe 25063

Bilderbücher für Erwachsene (und Kinder):

Wahrscheinlich guckt wieder kein Schwein
Diogenes Kunstbuch. Auch als detebe 21763

Männer auf verlorenem Posten
Diogenes Kunstbuch

Glückliche Stunde
Diogenes Kunstbuch

Nur den Kopf nicht hängen lassen!
Bildergeschichten. detebe 21128

Der Traum der Bergfrösche
detebe 21891